칼의 마음

박두순 동시집

청색종이

시인의 말

『사람 우산』을 내고, 10년 만에 동시집을 낸다.
한참을 쉬었다. 너무 많이 쉰 것 같다.
시 쓰기에 게을러진 탓이 아닐까.ㅎㅎ
게으르게 쓴 시가 어린이에겐
부지런히 쓴 것처럼
읽혔으면 좋겠다.

61편의 시에는
쉬워서 술술 읽히는 것도 있고
어려워서 답답하게 읽히는 것도 있겠다.
쉬운 것은 재미있게, 어려운 것은 한 번 더
되풀이해 읽어 주기를 부탁하고 싶다. 그래야 시가 품은
마음과 생각을 알아차리고, 시의 맛을 더 깊이 느낄 수 있다.

이번 동시집의 시를 통해 지진이나 화재, 전쟁 등이 인류에게
끼치는 영향과 옛 역사와 문명에 대해 깊이 들여다보는 기회를
갖게 했다. 또 AI와 로봇, 전자 문명이 우리의 생활과 어떤 관
계에 놓여 있는지를 짚어 보았고, 우주와 천체의 신비함을 느
껴 보는 자리도 마련했다. 이런 자리에 앉은 마음이 즐거웠으
면 좋겠다.

2024년 5월

박두순

차례

2부 동그라미를 받았다

3부 새의 말을 들어 봐

4부 땅덩어리 집

1부

로봇의 대답

팔 하나로도

— 우크라이나 전쟁으로

한쪽 팔을 잃어버린
소녀에게 물었다
얼마나 괴롭고 불편하냐고,

아니요
한 팔로도
별을 가리킬 수 있고

한 팔로도
엄마를 꼬옥 안을 수 있어요.

《열린아동문학》 2022년 가을호

경주 지진

지구가
몸을 떨었다.

경주의 몸이 흔들렸다.

불국사 기왓장이 떨어져 내렸다
민수네 집 담이 무너졌다
첨성대가 떨렸다.

경주가
며칠 아팠다.

《어린이와 문학》 2017년 8월호

지진

— '아이티' 지진

15만 명이나 숨졌다
구호 성금 만 원을 냈다.

친구와 과자 나눠 먹기도 싫어하던 내가
용돈을 성금으로 내다니!
나도 놀랐다.

지진이
마음을 마구 흔들어
가슴속에도 지진을 일으킨 게다.

《영남문학》 2010년 가을호

불쌍한 로봇

로봇이 태어나 보니
사방에 많은 사람이 빙 둘러서 있다
박수를 치며 좋아했다
그런데!
아무리 둘러보아도
엄마가 없다
엄마, 불러 보고 싶은데
엄마. 울어 보고 싶은데
예쁜 우리 아기라고 불러 주는
엄마가 어디에도 없다
로봇은 슬펐다
평생 시키는 대로 일만 하고
피곤해도 안길 엄마 품이 없다.

《시선》 2022년 가을호

로봇의 대답

박물관 안내 로봇에게
전시실을 물었더니
대답하지 않았다
몇 번을 물어도,

짜증내며
– 바보야!
소리쳤더니

– 좋은 말이 많아요
또렷이 대답했다.

《아동문예》 2020년 7·8월호

인공 세포

슬기가
엄마! 부르자,
180억 세포 식구는
숨을 멈추고 가만히
엄마를 부른 슬기를 바라봤어요

'우리는 엄마가 없잖아'
'우리는 엄마가 없잖아'

엄마를 찾는
180억의 세포들
맘이 울렁거려요.

* 사람의 두뇌에는 약 180억 개의 신경 세포가 100조 개 정도의 연결 고리로
  이어져 기억과 계산을 해낸다고 한다.

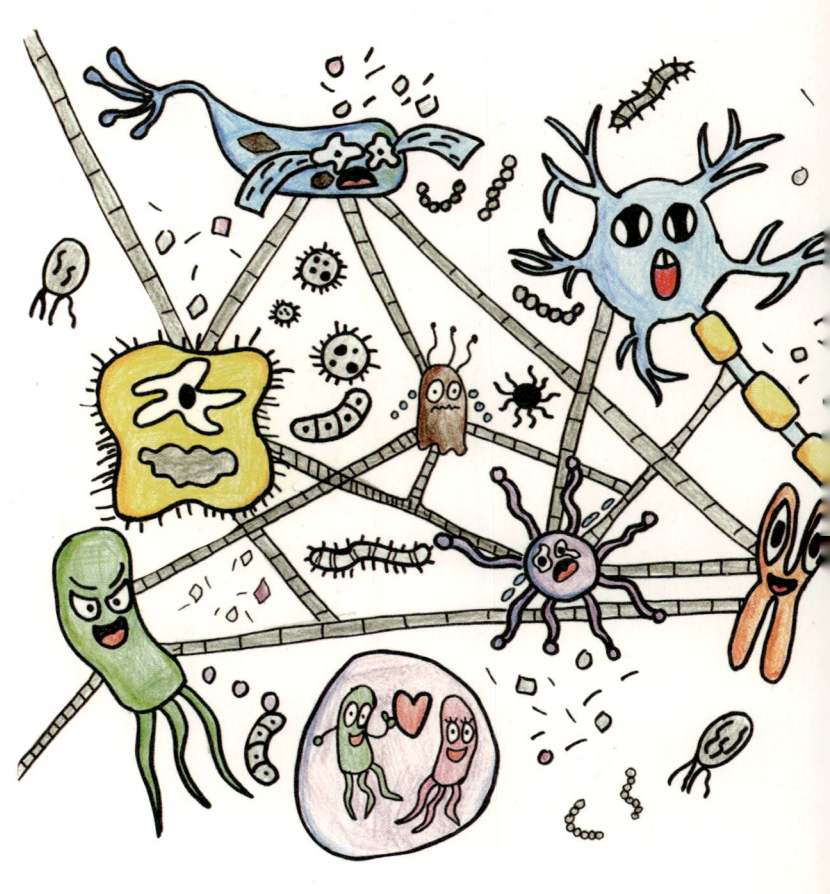

아, 벌집도

— 강원도 고성 산불

산불에 탄 집
560채 잿더미에

타버린
벌집도 한 채 있다

허둥지둥 피했다 돌아온
날개 축 처진 벌들

시커멓게 탄
이 방 저 방 들여다보다
힘없이 돌아선다.

《시와 동화》 2019년 여름호

힘들었겠다

석가모니는 힘들었겠다
아들 두고
아내 두고
집을 나오느라고,

석가모니는 힘들었겠다
왕자 자리 버리고
왕궁 버리고
집을 나오느라고,

석가모니는 또 힘들었겠다
이런 거
잊느라고.

《시와 소금》 2023년 여름호

핸드폰 꽃밭

산길에
나리꽃이 피어 있었습니다.
찍어 달라고 했습니다
원추리꽃도 찍어 주었습니다
산수국도 찍어 주었습니다
망초꽃도 찍어 주었습니다

핸드폰은
손바닥 꽃밭이 되었습니다.

《시선》 2022년 가을호

왕의 울음도

― 앙코르와트 타프롬 사원에서

왕은
사원 가운데에
어머니 방을 만들고
떠난 어머니가 보라며
벽에다 보석을 가득 박아
천장으로 별빛 달빛 불러들여
눈부시게 보석들 빛날 때

왕은
어머니가 보고 싶어
엎드려 울었단다.

엄마
엄마
아기처럼 울었단다.

《대구아동문학》 2019년 61호

얼굴 중심

― 앙코르와트 바이욘 사원에서

- 얼굴 중심은 무엇일까?
  눈, 코, 귀, 입?
- 아니야, 저 돌부처 얼굴을 봐
  보이지?
- 뭐가?
- 웃는 듯 마는 듯한
  미소!
- 그래, 미소가 중심이야
  말하는 거 먹는 거보다
  웃음이 먼저야.

《불교문예》 2022년 가을호

누리호

인공위성 누리호
발사 성공

37만 개 부속품이
꼭꼭 손잡고
어깨동무하고
하나같이 움직여
만든 성공이지

37만 개
부속품의 성공이지

그렇게 하지 않고서야
어떻게 우주로 나서겠어.

* 누리호: 우리 발사체로 우리 땅에서 우리 힘으로 쏘아 올린
  최초의 한국 인공위성

답답할까?

- 엄마, 저 돌부처님은
  무척 답답할 거야
- 왜?
- 돌 안에 갇혀 있으니까
- 괜찮을 거야
  얼굴을 봐, 웃고 있잖니
  변함없는 웃음을 가졌으니
  답답하지 않겠지?

《불교문예》 2014년 가을호

28

나를 만드는 시간

필통 여는 시간, 인사하는 시간, 우산 쓰는 시간, 책상 앞에 앉는 시간,
엘리베이터 타는 시간, 친구 만나는 시간, 공책 펴는 시간, 책 읽는 시간,
군것질하는 시간, 스마트폰 보는 시간, 교실 문 여는 시간, 학교 가는 시간,
공차는 시간, 시험 치는 시간, 나비를 보는 시간, 추위에 손을 호호 부는 시간,
구름 보는 시간, 풍선 부는 시간, 떠드는 시간, 땀 흘리는 시간, 감기 앓는 시간

어, 빠졌네
밥 먹는 시간, 잠자는 시간, 화장실 가는 시간

《동시 먹는 달팽이》 2018년 가을호

한 눈으로

어느 화가 할아버지 손녀가
"나 예뻐요?"
물었다

예쁘고말고
한 눈으로만 봐도 예쁘지.

《시선》 2022년 가을호

2부

동그라미를 받았다

칼의 마음

칼과 눈이 마주쳤다
번쩍, 칼도 날카롭게 눈을 빛낸다

또 눈이 마주치자
번쩍, 몸을 날카롭게 세운다

볼 때마다
번쩍이는 칼
이빨도 손톱도 날카로울 것이다

그래도 함부로
나쁜 마음먹지 않아

봐, 무도 당근도
가지런히 썰어 놓고
사과 배 맛나게 깎아 놓잖아.

그러려고 번쩍이지
그게 번쩍이는 마음이지.

《시선》 2022년 가을호

시간

착하고도
무서워요

새 동생을
데려오고는

할아버지를 그만
데려가 버렸으니까요.

《동시발전소》 2023년 여름호

센서등

현관 센서등
나만 보면
얼른 불 켜
- 반가워

나는
- 고마워

둘 다
밝아져.

《시와 소금》 2019년 봄호

돌의 노래

정겨운
냇물 노래
누가 하는 노래일까

물결이 한다고?
아니야

냇바닥에 엎드린
돌들이 하는 거야

물결이
어깨 넘을 때
돌들이 부르는 노래야.

《아동문예》 2023년 여름호

호수의 마음

— 키르기스스탄 이시쿨호수에서

커다란 호수가
조그마한 나를
반가이 맞아 주었다

손가락을 쏘옥, 넣었더니
몸을 움찔하며
동글, 웃는 게 아닌가

그 커다란 호수가
조그만 나를 반겼다.

《아동문학평론》 2016년 봄호

동그라미를 받았다

저수지에 돌을 던졌더니
큰 저수지가
몸을 부르르 떨었습니다
아팠나 봅니다

그래도 참고

동그랗게
동그랗게
동그라미를 만들어
내 앞에까지 보내 주었습니다.

《아동문예》 2023년 여름호

삼각형 둘

— 이집트 피라미드 앞에서

큰 삼각형이 있지
에베레스트산
하느님이 만든 삼각형
꼭짓점 8,848m
하늘에 속하는 삼각형이지.

큰 삼각형이 있지
이집트 피라미드
사람이 쌓아올린 삼각형
꼭짓점 140m
땅에 속하는 삼각형이지.

두 삼각형 꼭짓점은
하늘에서 만나지.

《동시발전소》 2020년 가을호

조그만 바다

조그만 바다가
어디 있냐고?

바닷가 모래밭에
작은 구덩이를 파 봐
바닷물이 얼른 달려와 들어오지
그게 조그만 바다지

요건 내 집
들어온 바다는 좋아서
가만히 있지

끼룩 끼룩
갈매기 노래를 들으며
가만히 있지

조그만 바다는
조그맣게 있지.

은하수 읽기

저기, 하늘 좀 봐
할아버지가 가리키는 밤하늘
쌀처럼 하얗게 빛나는 은하수의 별들

할아버지는 어릴 때
자주 하늘을 읽었단다
은하수 반짝이는 별들을 읽었단다
읽기 어려운 신비함은 두고
아름다움만 읽었단다.

할아버지는 이제
신비함이 뭔지도 읽을 수 있단다
변하지 않는 아름다움
그게 은하수의 신비함이란다.

《동시발전소》 2021년 겨울호

바다 집

바다는 그대로
집 한 채

커다란 고래에게
발 많은 문어에게도
등 굽은 새우에게도
조그만 멸치에게도
긴 뱀장어에게도
손톱만 한 조개에게도
드넓고 큰 푸른 집 한 채

똑 같은 집
한 채씩.

《아동문예》 2023년 여름호

별밤

밤하늘은 아주 널따란
한 장 칠판이다

별들이 찾아와
무얼 쓰느라
밤새 모여 있다

무얼 쓰는지
알 수 없다

하늘 칠판에서 읽을 수 없어
가슴을 뒤져 찾았다
반짝 반짝, 을 써놓았다

밤하늘을 보면
그래서 가슴이 뛰는구나.

《아동문예》 2023년 여름호

별들도 우리처럼

맑은 밤이면
별이란 별
창문이란 창문 다 열고
우릴 내려다보지
우리가 바라봐 주지 않아도
좋아라, 내려다보지.

비 오는 밤이면
창문이란 창문 다 닫고
빗소릴 듣지
우리처럼 방에다
빗소릴 들여놓고
가만히 맘 가라앉히지.

지루하지 않게

하늘은
달을 불러다 놓고
빛을 비추게 하며, 보라고 합니다
얼마나 은은한가, 보라고 합니다
그것도 날마다 보면 지루하다고
보름씩만 보여 줍니다
크기도 같으면 지루하다고
반으로 줄였다, 둥그렇게 부풀렸다 합니다
없애기도 하고요.
그래야 하늘도 지루하지 않답니다
하늘도 사람도
지루한 건 싫은가 봅니다.

《어린이와 문학》 2016년 1월호

달의 일

달이 하는 일은
빛 채우기
빛 비우기

보름 동안
빛 채우고

보름 동안
빛 비우고,

채우기만 하는 것도 지루해서
비우기만 하는 것도 지루해서.

엎드림

냇물 가까이 가서
엎드려 있는 바다

강물 가까이 가서
엎드려 있는 바다

냇물을 업고 가려고
강물을 업고 가려고

그 큰 바다가
엎드려 있지.

《불교문예》 2022년 가을호

3부

새의 말을 들어 봐

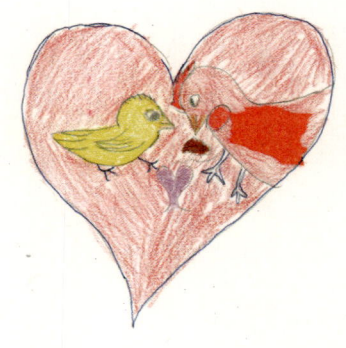

제일 예쁜 것

세계에서 일곱 번째 경치 좋다는
아프리카 '테이블마운틴산'에
오른 어린이

– 뭐가 제일 예뻐, 물음에
– 음, 음, 음
숨을 고르고 생각을 가다듬더니
– 나비요!

빼어난 경치도
기묘한 바위도
아찔한 절벽도 아닌

나비를 마음속에서
꺼내 놓았다.

《아동문예》 2023년 5·6월호

두 산의 이야기

1. 가을 산

밥을 먹인다

찾아온
새들에게

찾아온
다람쥐들에게,

그리고 남은 밥을 먹는다
도토리 몇 알로.

2. 겨울 산

잠을 재운다

찾아온
개미들을

찾아온
곰들을,

그리고 맨 나중 잠든다
하얀 눈자락을 덮고.

《아동문예》 2023년 5·6월호

오리는

물의 기분
맑은지 어두운지
잘 읽고

물의 힘
센지 약한지
잘 알고

물의 마음
상하지 않을 만큼만
고기를 잡지.

물도 오리의 마음을 잘 알고
냇물을 오리에게 다 맡겨 놓지

그래서!
오리와 냇물이
다투었다는 이야기를 듣지 못했지.

《동시 먹는 달팽이》 2022년 겨울호

산 지킴이

장군봉이라는
높은 산에

조그만 도마뱀
한 마리가
엎드려

큰 산을
껴안고 있다.

《동시 먹는 달팽이》 2022년 겨울호

64

똥 치우기

어미새가
아기새 똥을 치운다

어떤 어미새는
물어다 버리고

어떤 어미새는
그냥 삼켰다.

어느 어미새가
새끼를 더 사랑할까

(생각할 것도 없어)
다 사랑하지.

《시선》 2021년 봄호

뱀의 성격

어떤 아저씨가
나무 그늘 아래서
낮잠을 자고 있는데

뱀 한 마리가
슬슬 기어오더니
'어, 사람이다 무서워'
피해 가고,

또 한 마리는
'무섭지만 올라가 보자'며
아저씨 몸 위로
슬슬 기어 올라갔다.

뱀도
제 성격대로 사는 모양이야.

《시와 소금》 2023년 여름호

소

— 소의 해(2021)에

큰 입을 가지고도
물지 않는다

큰 눈으로
보기만 한다.

《한국문인》 2021년 2·3월호

눈 눈 눈

잎눈
꽃눈
쌀눈
감자눈
하늘 보려고 나오지.

뱀눈
쥐눈
독수리눈
호랑이눈
먹을 것만 찾아다니지.

《동시발전소》 2020년 가을호

물고기 한 마리로

큰
냇물이

죽은 물고기
한 마리로
무척 아파 보인다

졸졸졸 노래도
아프게 들린다.

《아동문예》 2020년 7·8월호

새의 말을 들어 봐

새가 노래만 한다고?
아니야
새의 말은 다 노래라고?
아니야

아파 아파 할 때도 있고
괴로워 괴로워 못 견뎌 할 때도 있고
슬퍼 슬퍼 울 때도 있고
배고파 배고파 조를 때도 있고
힘들어 힘들어 쉬고 싶을 때도 있고
외로워 외로워 어울리고 싶을 때도 있고,

이런 말 새겨듣지 못하고
우린 아, 좋아 좋아 라고만 하지.

《시선》 2022년 가을호

바위 등

사람만
등이 있는 줄 알지?

딱딱한 바위도
등 가졌어

봐,
소나무 한 그루
덩그렇게 업고 있잖아
풀꽃 한 송이도 업어 주고

멧새의 노래도 흔들어 주는
부드러워진
바위 등.

가을 놀이

가을이면
상수리나무는
도토리를 던지며 논다

여기 툭
저기 툭
다람쥐 앞에 던진다

상수리나무의
가을 놀이는
다람쥐에게 간식 주기다.

월간 《문학공간》 2023년 10월호

구름의 집에

하늘은 날마다
구름의 집을 짓습니다
울타리도 기둥도 없는 집

하늘 구름의 집에는
누가 살까요?
바람이 삽니다
또 누가 살까요?
비가 삽니다

또 누가 살까요?
사람들 눈빛이 삽니다
구름집을 바라보는
눈빛이 삽니다.

가끔
누군가를 그리워하며 바라보는
그리움이라는 마음도 삽니다.

《동시 먹는 달팽이》 2024년 여름호

엄마 소리 빗소리

똑, 빗소리 하나
엄마 생각
똑, 빗소리 하나
엄마 생각
똑, 빗소리 하나
엄마 생각

돌아오지 않는
엄마 소리.

《동시발전소》 2023년 여름호

꽃의 집

꽃이
문을 열었다

바람이 살랑살랑 들어오고
나비가 사뿐 들어왔다
벌도 찾아왔다.

맨 나중
씨앗들이 자리잡았다

꽃이
문을 닫았다.

노래

개구리 머리에는
뇌가 없대요
생각하는 뇌가 없대요

뇌 없는데도 어떻게
봄날이면 잊지 않고
그리도 노래를 잘 부를까요.

아, 복잡한 생각보다
멋진 노래가 좋으니까요.

《아동문학평론》 2012년 여름호

4부

땅덩어리 집

우주쇼

우주쇼
본 적 있니?

봄 들길에 나가 봐
여기 저기서
민들레꽃이
우주쇼를 하고 있지

그 꽃 누가 피웠나?
우주가 피웠지, 우주의
햇볕, 바람, 구름, 달빛이 들어 있지.

우주쇼 마지막 순서는
하얗게 하얗게
우주선을 날리는 거래
조그맣고 까만 씨앗 하나씩을 태워,

그 우주선에게
손 흔든 적 있어.

《아동문예》 2023년 5·6월호

편지

편지 왔다, 꽃편지
들의 조그만 민들레꽃

가장 큰
들 편지지에

가장 작은
꽃 편지,

들길이 읽는데
내 마음이 다 젖었다.

《아동문예》 2023년 5·6월호

씨앗의 마음

씨앗이 싹 틀 땐
어떤 마음일까

울렁일까
설렐까
초조할까
애가 탈까
기다림일까

아마, 다일 거야
그러면서도 태연해

봐,
연초록 잎들 잔잔히 피웠잖아.

《아동문예》 2023년 5·6월호

땅덩어리 집

조그마해도 새싹은
집 한 채씩 지어놓고
나오지요

커다란 땅덩어리 집 지어 놓고
나오지요

아주 조그만 창문을 열고
나 여기 있지 하며 나오지요.

《시와 소금》 2019년 봄호

수수께끼 같은 일

알 수 없는 일이 있습니다

크나큰 해가
들판 구석에
조그만 꽃 한 송이를
반짝, 피워 놓곤
종일 들여다보는 겁니다.

그뿐 아닙니다
세상의 아침을 열어 놓곤
그 작은 꽃을
곧바로
찾아가는 겁니다.

《어린이와 문학》 2017년 8월호

일터 주소

산기슭에
새로 핀
꽃,

산의 새 주소다

나비와 벌의
새 일터다

나비와 벌들이 다녀간다
일터 주소를 적어 가는 모양이다.

《아동문예》 2023년 5·6월호

폭발

산과 들이
폭발했다
꼭꼭 누르고 있던 봄을
겨울이 그만 놓쳐 버려,

푸른 풀과
붉은 꽃들
소리 없이 폭발한 불꽃들이다

뛰쳐나온
다람쥐, 뱀, 곰들도
폭발물들이다,

겨울이 놓치길 잘했지
눈부시고 아름다운 폭발이니.

번지점프

가을은 도토리들이
번지점프 하는 철이다
때가 되면
하나도 빠짐없이
깍지 벗어 놓고
맨몸으로 뛰어내린다
무서움도 참고 뛰어내린다
아무렴, 무서워도 할 일은 해야지
조그만 도토리에게서
큰마음을 본다.

This way

강아지풀

키가 작을 때도
강아지풀
강아지풀

키가 클 때도
강아지풀
강아지풀

다 자랐을 때도
강아지풀
강아지풀

늘 그렇게 불러도
꼬리를 살랑살랑

강아지풀 귀는
꼬리에 들어 있어서.

《아동문학세상》 2016년 봄호

8월 끝날에

여름아 잘 가거라
장마야 잘 가거라
무더위야 잘 가거라
매미야 잘 가거라
하루살이야 잘 가거라
먹구름아 잘 가거라
모기야 잘 가거라
물난리야 잘 가거라

앗, 물놀이는
가면 안 되지.

가을의 힘

세상의
선풍기란 선풍기 다 끄고
에어컨이란 에어컨 다 끄고,

세상의
산과 들 초록 사진
컬러를 다 바꾸는 힘을 가졌지만,

더 큰 가을 힘은 열매지
열매 없는 나무를 봐
힘이 하나도 없어 보이지.

나무가 한껏 짊어지고 있는
둥근 열매
길쭉한 열매
붉은 열매
까만 열매가
정말 가을의 힘이지.

《아동문학평론》 2016년 가을호

겨울아

넌 왜
물 위에만
얼음을 꽁꽁 얼리니?

바보야,
아래엔 고기들이
떨고 있잖아.

너라면
어쩔래?

《시와 소금》 2017년 겨울호

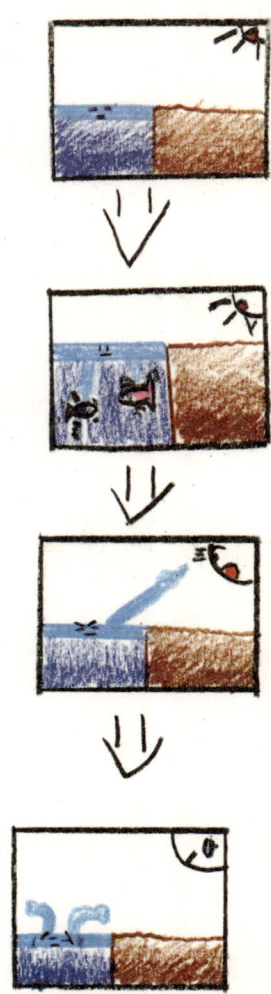

먼저 한 일

일찍 일어난
햇살이
맨 먼저 한 일은

어루만짐이었다

산모퉁이에
마악 피어난
꽃송이 어깨를
어루만지는 일이었다

찢긴 꽃잎
하나가 있었기 때문에.

꽃나무

그냥 나무도 좋지만
꽃나무가 좋아

한 송이라도 꽃 핀 나무는
꽃이 피었네, 하면서
한 번 더
바라보거든.

힘든 나팔꽃

하늘에다
종일 불던 나팔을
저녁에 내려놓았다

시든
나팔꽃 송이들

나무라지 말아요
종일 나팔을 불었으니
얼마나 힘들었을까요.

박두순

* 1950년 경북 봉화군 출생, 한국일보사 기자 역임.

* 1977년 『아동문학평론』『아동문예』 동시 신인상 당선,
  1991년 시집 출간 및 1998년 『자유문학』 시부 신인상 당선.

* 동시집 『박두순 동시선집』『사람 우산』 등 13권과 시집 『인간 문장』
  『어두운 두더지』 등 5권 간행. 「처음 안 일」, 「꽃을 보려면」 등 여러 편의 동시
  와 시가 초등학교와 중학교 국어 교과서에 실림.

* 대한민국문학상, 소천아동문학상, 한국아동문학상, 방정환문학상,
  박홍근아동문학상, 한국문협작가상, 자유문학상 수상.

* 한국 최초 동시 전문지 《오늘의 동시문학》을 창간해 50호까지 발간.
  한국동시문학회장 및 한국현대시인협회와 국제PEN한국본부 부이사장 지냄.

  21mhmh@daum.net

그림 그린 어린이

청색종이 동시선 7

 칼의 마음

박두순 동시집

초판 1쇄 발행 2024년 7월 15일

동시   박두순
펴낸곳   청색종이
펴낸이   김태형
인쇄   범선문화인쇄
등록   2015년 4월 23일 제374-2015-000043호
주소   서울시 영등포구 문래동2가 14-15
전화   010-4327-3810
팩스   02-6280-5813
이메일   bluepaperk@gmail.com
홈페이지   https://bluepaperk.com

ISBN 979-11-93509-05-0   73810

이 동시집은 서울문화재단의 2024년도 원로예술지원 사업에 선정되어 발간되었습니다.

값 12,000원